CAB - FEDERICA DI MEO

ONEIRA

1

MADRE DI SANGUE

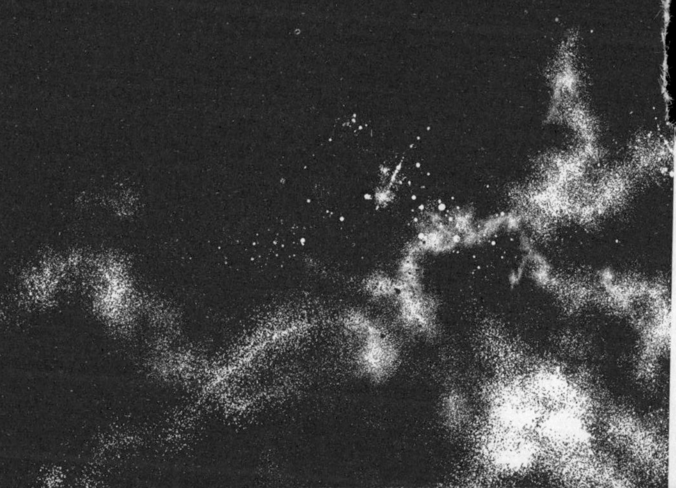

-3-
CAPITOLO 1
LUNA CREMISI

-30-
CAPITOLO 2
CASTIGO

-68-
CAPITOLO 3
AMANT AD MORTEM

-124-
CAPITOLO 4
L'ORO E IL FUOCO

-150-
CAPITOLO 5
IN UTERO

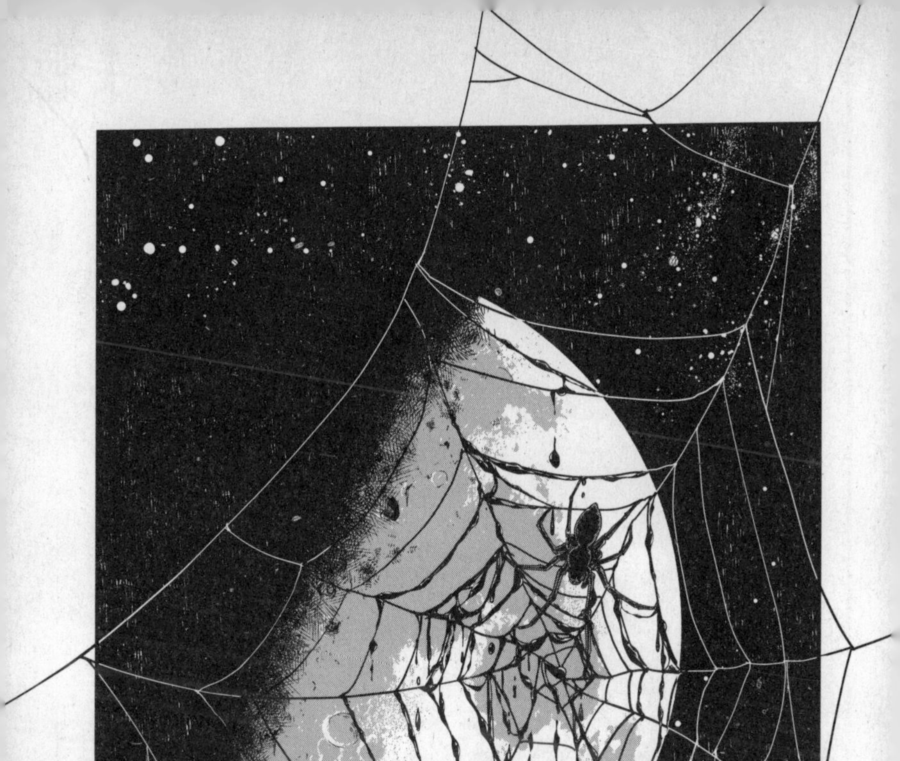

Capitolo 1 : Luna Cremisi

STUMP
FLIP
E' MORTA, TI DICO!
PEUH
BAH!
ASPETTIAMO ANCORA UN PO'!
ASPETTARE COSA, RAZZA DI IDIOTA?!
FRUP
LO SAI COSA C'È LÀ DENTRO, E SEI COMUNQUE TANTO STUPIDO DA CREDERE CHE QUELLA DANNATA SGUALDRINA POSSA...
GRAB
FA' SILENZIO, BLOT...
THUP
THUD
ASCOLTA!

THUP
THUP
THUP
THUP

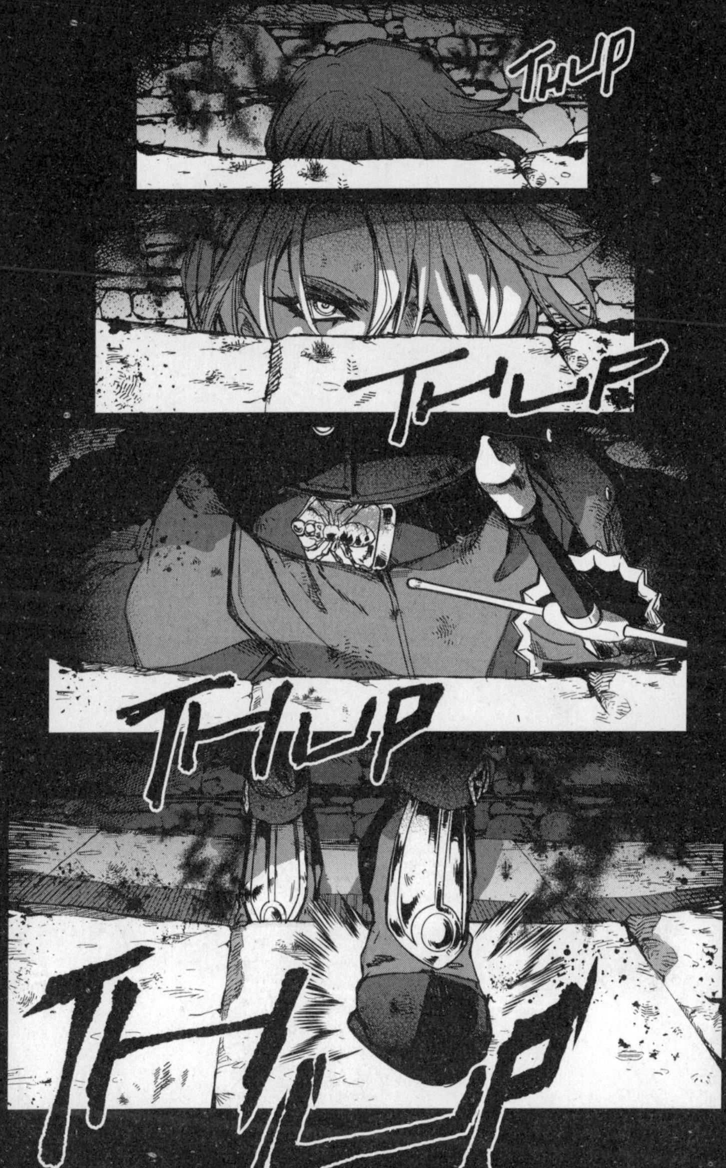
THUP
THUP
THUP
THUP

A... ALLORA?
TAP
È FINITA, HO UCCISO LA CREATURA.
MOLTO BENE, MA COME FACCIAMO A SAPERE CHE HAI PORTATO A TERMINE IL LAVORO, EH?
PERCHÈ VE L'HO DETTO IO.
E ADESSO...
FRUSH

RATTLE
AH, SÌ...
RATTLE
FHUP
...RICOMPENSARE I SERVIZI RESI, TRAMITE NOTE DI CREDITO EMESSE DALLE VOSTRE RISPETTIVE BANCHE, ALL'EPEIRA...
...ORDINO A TUTTI I BORGOMASTRI...
"IO, VILDEGAARD, SIGNORE DELLE TERRE BRUNE...
Io, Vildegaard,
signore delle terre b
ordino a tutti i borgo
ricompensare i s
tramite n
DEVO QUINDI DEDURRE CHE NON AVETE INTENZIONE DI PAGARMI?
PELLH
DANNATE CHIACCHIERE SENZA SENSO DA ARISTOCRATICI, ECCO COSA SONO!
LA PRESTIGIOSA ARA..."

WHUP
WHUP
TAP
NIIH

HAI UN BEL FACCINO PER ESSERE UN "RAGNACCIO"!
NON AGITARTI, BELLA MIA, CI OCCUPIAMO SUBITO DI TE!
DAAAN
FIIIIIIIT

AH!
AH!
AH!
NAH
TAP
RIPETO LA DOMANDA: AVETE INTENZIONE DI NON PAGARMI?

HA HA HA
HA HA
HA HA
DATTI UNA SVEGLIATA!
EHI, EPEIRA... SEI STUPIDA, O COSA?!
RAGAZZI, DOBBIAMO ANDARCENE! QUELLA DONNA È...
GRIP
NON... NON BISOGNA...
AVANTI, PRENDIAMO QUELLA CAGNA!
È DA SOLA CONTRO SEI DI NOI, IMBECILLE!

CRACK
ZSSH

ROLL
ROLL
THUD

TAP
JACK

THIJP

WHIP

PLIC

SHH
FRUSH
TAP
TAP
TAP
IO...
...IO...
WHUP
SHA

WHUD
TU VIVRAI.
PASSERÒ A NANDAR A RECUPERARE QUELLO CHE MI SPETTA DOMANI, QUANDO IL SOLE SARÀ ALLO ZENIT.
SHA
SAI COSA VUOL DIRE "ZENIT?" PREPARERAI IL DENARO?
IL SOLE... SÌ...
VLAP
POSSO CONTARE SU DI TE?
NOD
NOD

...
FWUP
TAP
TAP
TAP
TAP
CHACK

SHHH
ECCO A VOI, MIA SIGNORA, IN NOTE DI CREDITO PROPRIO COME AVEVA DETTO IL NOBILE.
TAP
TAP
TAP
FRUSH
TAP
SÌ, SÌ, C'È TUTTO: L'HO CONTATO IO, E ANCHE PIÙ VOLTE, VE LO GIURO.
MI FIDO DI TE, CAHORT, NON LI CONTERÒ.
"CAHORT", DICO BENE?

TAP
GRAZIE.
GRAB
FRUSH
TAP
ERA DI VOI CHE PARLAVA LA LETTERA, MIA SIGNORA... NON È VERO?
NOD
ALLORA, SIETE VOI ARANE HEOS?

SÌ.
FRUSH
MA MI PARE DI CAPIRE CHE DA QUESTE PARTI MI ABBIATE RIFILATO UN ALTRO SOPRANNOME...
IN EFFETTI...
VEDETE. È PERCHÉ...
FLIP
È TUTTO A POSTO. ME LO MERITO.
ADDIO, CAHORT.

LA "CACCIATRICE DI INCUBI" PIÙ FAMOSA DI QUESTO LATO DEL SESIA...
ARANE HEOS...
...O COME LA CHIAMIAMO NOI QUI A EST...
...LA "VEDOVA NERA".

Capitolo 2: Castigo

Der Vildsvin Griner
AHH!

COME TI DICEVO, ARANE...
...LA CERCANO DAPPERTUTTO.
NON È ANCORA PRONTA A LASCIARE L'ABBAZIA.
FROSH
QUESTO NON PUOI SAPERLO. QUANTO TEMPO È PASSATO? DUE ANNI?
VENTOTTO MESI.
FLIP

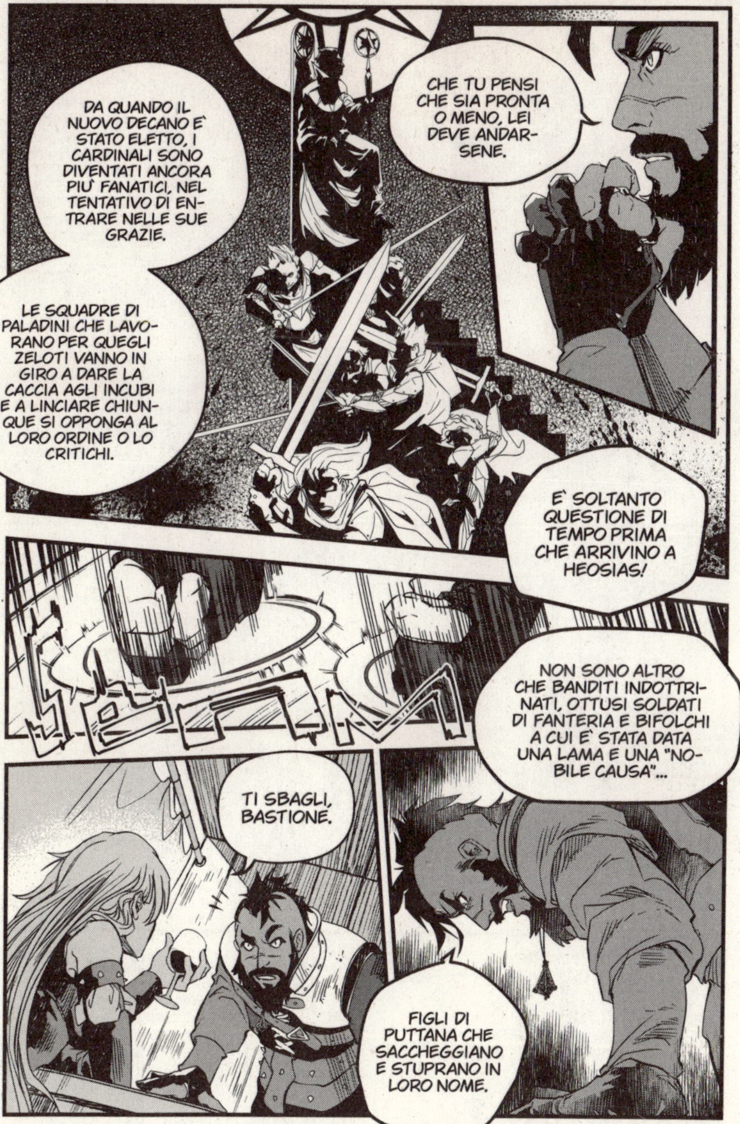
DA QUANDO IL NUOVO DECANO E` STATO ELETTO, I CARDINALI SONO DIVENTATI ANCORA PIU` FANATICI, NEL TENTATIVO DI ENTRARE NELLE SUE GRAZIE.
CHE TU PENSI CHE SIA PRONTA O MENO, LEI DEVE ANDARSENE.
LE SQUADRE DI PALADINI CHE LAVORANO PER QUEGLI ZELOTI VANNO IN GIRO A DARE LA CACCIA AGLI INCUBI E A LINCIARE CHIUNQUE SI OPPONGA AL LORO ORDINE O LO CRITICHI.
E` SOLTANTO QUESTIONE DI TEMPO PRIMA CHE ARRIVINO A HEOSIAS!
NON SONO ALTRO CHE BANDITI INDOTTRINATI, OTTUSI SOLDATI DI FANTERIA E BIFOLCHI A CUI E` STATA DATA UNA LAMA E UNA "NOBILE CAUSA"...
TI SBAGLI, BASTIONE.
FIGLI DI PUTTANA CHE SACCHEGGIANO E STUPRANO IN LORO NOME.

ARANE...
CI SONO ANCHE DEI NOBILI IN MEZZO A QUEI CUMULI DI SPAZZATURA.
LA SANTA SEDE NON FA TANTE DI-STINZIONI QUANDO SI TRATTA DI INVIARE I SUOI ADEPTI A COM-PIERE I FAMOSI "ATTI DI FEDE" CHE HAI APPENA ELENCATO.
FSS
VRJP
SUONA-VA AL-QUANTO VUOTO.
DANNA-ZIONE!
THUMP
E VA BENE!
THUP
TAP
FRUSH
GRAB

AH!
TAP
TAP
TAP
OH, MIA SIGNORA, TROPPO ONORE!
FLIP
TI ABBIAMO CHIESTO UN PO' DI TRANQUILLITÀ E TU HAI CHIUSO IL LOCALE PER TUTTO IL TEMPO CHE SONO RIMASTA...
FRUSH
BEN PIÙ DI QUELLO DI CUI C'ERA BISOGNO. QUINDI SONO IO CHE TI RINGRAZIO.

QUELLO COPRIVA CIBO E BEVANDE, NONCHÈ LA SPLENDIDA CAMERA DOVE MI HAI ALLOGGIATA.
AVEVATE PAGATO IL CONTO IN ANTICIPO, MIA SIGNORA.
PERMETTETEMI ALMENO DI PORTARE I VOSTRI BAGAGLI.
GRAB
LA TUA LOCANDA È STRAORDINARIA, CHE IL SUCCESSO POSSA ARRIDERTI ORA E SEMPRE. ECCO UN MIO MODESTO CONTRIBUTO PERCHÉ COSÌ SIA.
QUESTO È PER TE PERSONALMENTE.
THUP
NOD
FRUP
NON CE N'È BISOGNO, BUON UOMO. IO...
INSISTO.
TCHACK

CLACK
TAP
TAP
TAP
TAP
Der Vildsvin Griner
DAIAN
FRJSH
TACK
KIIIN
CLUNK

DOVE SI VA?
GOOOO
A HEOSIAS.
ALLORA HAI CAMBIATO IDEA.
NON ABBIAMO SCELTA: SE MAI I PALADINI LA TROVASSERO...

VROOOM
TCHACK
VROOM
A PROPOSITO, COSA C'ERA A NANDAR?
UN KLAPPERN. TRA L'ALTRO AVEVAMO FATTO UNA SCOMMESSA, SE NON SBAGLIO.
COSA? UN SACCO D'OSSA?
ERO CONVINTO CHE FOSSE UN PHANTASMA...
HAI PERSO UN'OCCASIONE PER STARE ZITTO, OLTRE AL TUO BORSELLO, BASTIONE.

NON HAI TENUTO CONTO DI TUTTI GLI ELEMENTI...
...IL SOGNATORE ERA UN VECCHIO MAGISTRATO CHE AVEVA SPERPERATO LA SUA FORTUNA AL GIOCO O NEI BORDELLI.
FRUP
GRAB
MOTIVO IN PIÙ PER CUI DOVEVA ESSERE UN PHANTASMA!
IL RICETTACOLO AVREBBE POTUTO SOGNARE DI RECUPERARE LA FORTUNA E LA CASA CHE AVEVA PERDUTO.
GRAB
LA SUA CASA ERA DILAPIDATA, IN ROVINA. AVREBBE DOVUTO IPOTECARLA.
TCHACK
I PHANTASMA SPINGONO IL SOGNATORE A DEDICARSI INTERAMENTE AI LORO DESIDERI PIÙ PROFONDI...
NON A UCCIDERE DUE INNAMORATI TRASOGNATI IN CERCA DI UN POSTO TRANQUILLO DOVE FORNICARE.
LA CASA ERA LA CHIAVE.
GLI INCUBI CERCANO QUEI POSTI IN CUI IL LEGAME CON I LORO RICETTACOLI SARANNO PIÙ FORTI.
UN PHANTASMA NON AVREBBE NESSUN INTERESSE AD ATTIRARE IL SOGNATORE NELLA PROPRIA DIMORA.

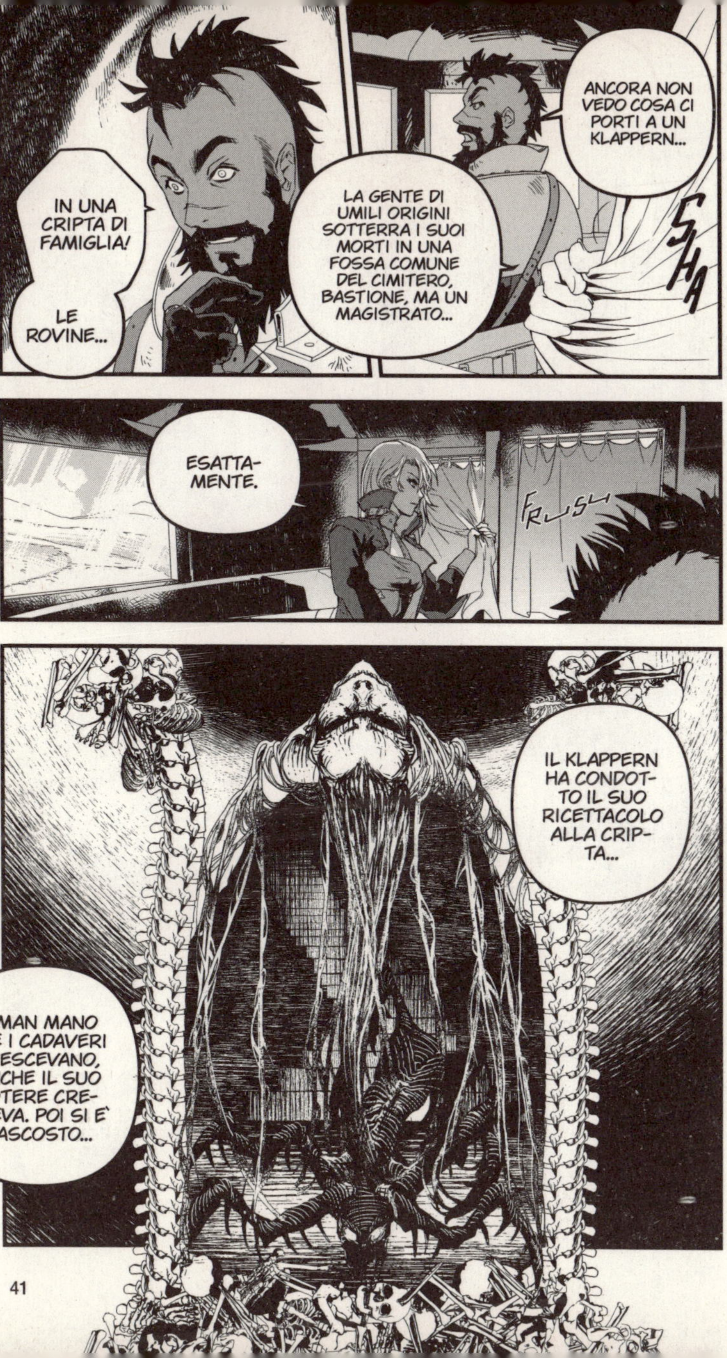
ANCORA NON VEDO COSA CI PORTI A UN KLAPPERN...
SHA
LA GENTE DI UMILI ORIGINI SOTTERRA I SUOI MORTI IN UNA FOSSA COMUNE DEL CIMITERO, BASTIONE, MA UN MAGISTRATO...
IN UNA CRIPTA DI FAMIGLIA!
LE ROVINE...
FRUSH
ESATTA-MENTE.
IL KLAPPERN HA CONDOT-TO IL SUO RICETTACOLO ALLA CRIP-TA...
E MAN MANO CHE I CADAVERI CRESCEVANO, ANCHE IL SUO POTERE CRE-SCEVA. POI SI È NASCOSTO...

VRRRRR
QUEL POVERACCIO DEVE AVERE SOGNATO CHE I SUOI ANTENATI VOLEVANO PUNIRLO PER AVERE SPERPERATO IL PATRIMONIO DI FAMIGLIA.
NON LO SAPREMO MAI.
QUINDI L'HAI...
GRIP
IL LEGAME ERA TROPPO POTENTE, NON HO POTUTO ESTIRPARLO. IL RICETTACOLO ERA GIÀ CONDANNATO.

CLOP CLOP
MA GUARDA. DEI PALADINI IN QUESTO BUCO SPERDUTO, COSÌ LONTANI DALLA CAPITALE?
CLOP
CLOP
CLOP
CLOP
NON RICONOSCO IL SUO EMBLEMA...
DOVE SONO DIRETTI?

HAI PAURA DI QUELLO CHE SUCCEDERÀ QUANDO TORNERAI LAGGIÙ?
KRRRKR
IO... NON HO MAI DETTO NIENTE DEL GENERE!
PUF
FIDATI DI LEI. È CRESCIUTA, LO SAI. E POI ANCHE LEI NON VEDE L'ORA DI VEDERTI.
SAREI PAZZA SE NON NE AVESSI.
È SOLO CHE...
NON TENEVO MICA IL CONTO, SAI!
"28 MESI"...?
GR'N

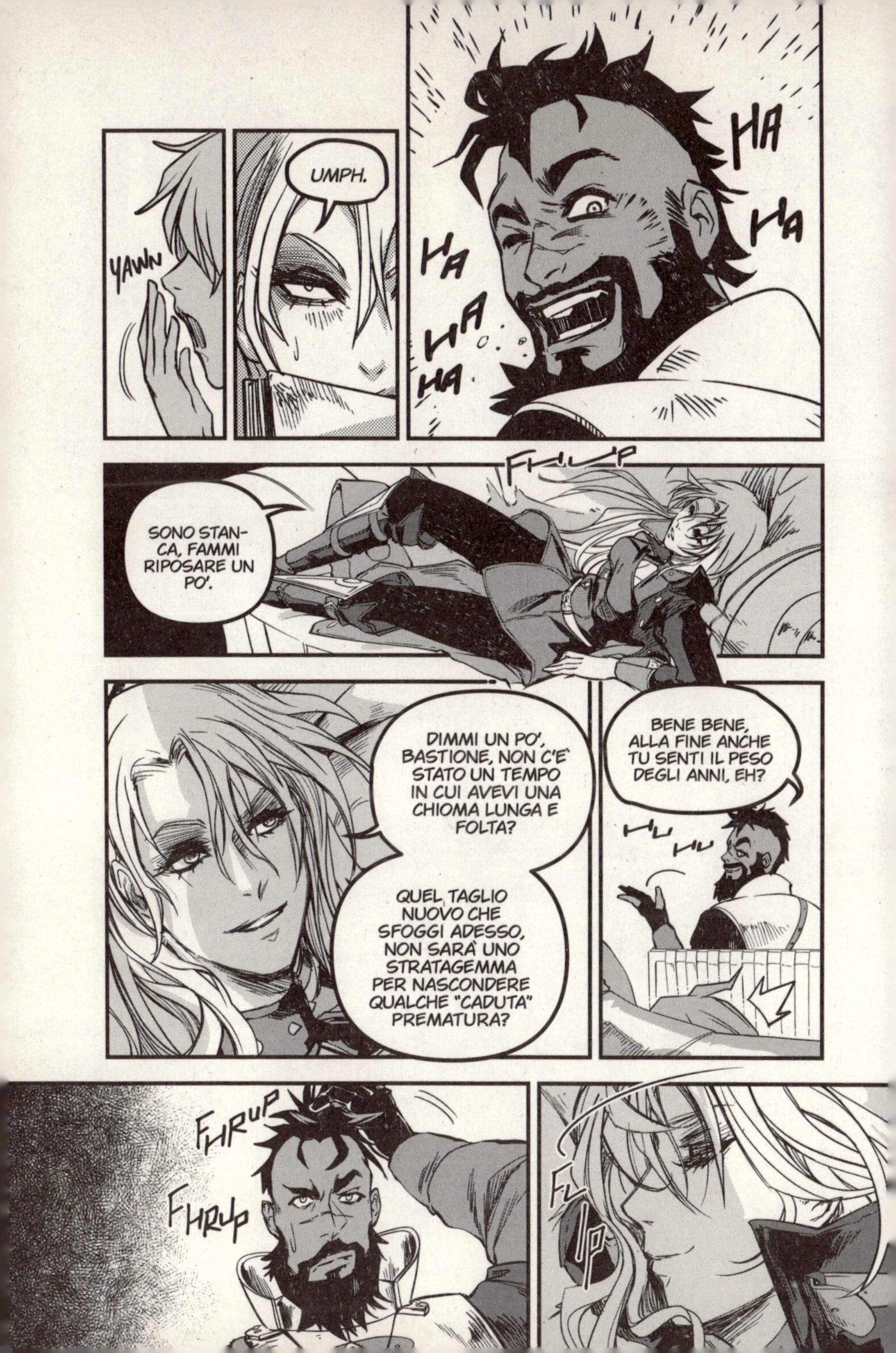
YAWN
UMPH.
HA
HA
HA
HA
HA
FHRUP
SONO STANCA, FAMMI RIPOSARE UN PO'.
BENE BENE, ALLA FINE ANCHE TU SENTI IL PESO DEGLI ANNI, EH?
HU HU
DIMMI UN PO', BASTIONE, NON C'È STATO UN TEMPO IN CUI AVEVI UNA CHIOMA LUNGA E FOLTA?
QUEL TAGLIO NUOVO CHE SFOGGI ADESSO, NON SARÀ UNO STRATAGEMMA PER NASCONDERE QUALCHE "CADUTA" PREMATURA?
FHRUP
FHRUP
FLIP

DUCATO DI TERRALILA, ESPEJO.
BLA
HA HA
BLA
BLA
HA
BLA
HA HA
HA
BLA
BLA
BLA
BLA
BLA
BLA
TAP TAP
BLA
BLA
TAP
STUMP
PERMESSO... CHIEDO SCUSA! PERMESSO!

TCLACK
PHEW
Cognoscete ipsum
SHH
SHINE
TAP
TAP

THUD
TAP
HO SENTITO LODARE MOLTO SPESSO LA CALOROSA ACCOGLIENZA E L'OSPITALITÀ DEI CITTADINI DI ESPEJO...
VEDO CHE NON SI TRATTAVA SOLTANTO DI VUOTE CHIACCHIERE. LA VOSTRA REGIONE, OLTRE A ESSERE COSÌ BELLA DA MOZZARE IL FIATO, È ABITATA DA UN POPOLO PREMUROSO E GENTILE.
APPROFITTERÒ IN OGNI MODO DEL MIO SOGGIORNO QUI E SPERO DI TORNARE PRESTO PER CONOSCERE MEGLIO LA VOSTRA SPLENDIDA CITTÀ.

SOMNIA IN PACE.
FWUP
TAP
TAP
BLA BLA
TAP
TAP
TAP
TAP

THUP
CHIEDO SCUSA!
TAP TAP
BLA
BLA
BLA
FLAP
FLAP
FLAP
FLAP
FLAP
FLAP
FLAP
TAP
TAP
TAP

EH?!
TAP
TAP
THUP
THUP
THUP
THUP
DOV'E ANDATA...?
TAP
SKREECK

THUMP
...
GRAB
FLIP
SHHHH

È UN'OPERA MOLTO RARA E COSTOSA, QUESTA.
Somnia e sogni divinatori
QUE... QUELLO È...
LA RISPOSTA È NO.
VOLE-VO DIRE CHE...
SÌ, SI-GNORA, VERAMEN-TE, VOLEVO SOLO...
IN QUESTO CASO, SI-GNORA...
GRADIREI CHE MI RESTITUISTE QUELLO CHE MI APPARTIENE.
FHUP
GRIP

THUMP
FLIP
SE HAI LETTO QUESTO LIBRO E SEI VENUTO A CERCARMI, SAI MOLTO BENE CHE NON POSSO ACCONSENTIRE ALLA TUA RICHIESTA.
ALLORA COSA VUOI DA ME? CHE STA SUCCEDENDO?
NON DESIDERO DIVENTARE UN EPEIRA, MIA SIGNORA.
INSOMMA, VOLETE LASCIARMI SPIEGARE O CONTINUERETE A INTERROMPERMI PRIMA CHE POSSA FINIRE?
M... MIA SIGNORA...

UMPH
MI CHIAMO BASTIONE.
PREGO, SONO TUTTA ORECCHIE.
CLENCH
PER QUESTO HO SCELTO...
VOGLIO COMPIERE GRANDI IMPRESE DIVENTANDO LO SCUDIERO DI UN EPEIRA.
...DI ENTRARE AL SERVIZIO DI UNA DELLE PIÙ FAMOSE...
...VOI, SIGNORA ARANE HEOS!

SCUSAMI SE PRIMA TI HO INTERROTTO, BASTIONE. TUTTAVIA...
GRAB
MPH!
FHUP
...SE SAI CHI SONO, SAI ANCHE CHE CONTRARIAMENTE A QUASI TUTTI I MIEI CONFRATELLI...
TAP
MIA SIGNORA, MI PERMETTO DI INSISTERE, SONO ASSOLUTAMENTE DISPOSTO A...
TAP
TAP
...NON HO NE' UNO SCUDIERO NE' UN MEMBRO DELL'ORDO-SANCTI CHE MI ACCOMPAGNI. IN OGNI CASO, TI RINGRAZIO PER LA TUA DEVOZIONE.

QUELLO CHE FACCIO IO È PERICOLOSO, NON SI TRATTA DI MISSIONI DA SPACCIARE COME "GRANDI IMPRESE!"
QUELLO CHE SEI DISPOSTO A FARE RIGUARDA SOLO TE, MA IO NON TORNO SUI MIEI PASSI.
SHA
TI CONSIGLIO DI CERCARTI UNA PROFESSIONE PIÙ ADATTA A TE. IN QUESTA CITTÀ CI SONO MERCANTI, SARTI, GIOIELLIERI...
...E SONO TUTTE IMPRESE DI FAMIGLIA. MEGLIO SE TORNI ALLA BOTTEGA DEI TUOI GENITORI: TI RISPARMIERAI MOLTI PROBLEMI.
TAP
TAP
L'ATTIVITÀ DI FAMIGLIA A CUI VI RIFERITE È STATA DISTRUTTA DURANTE LA "SANCTI BAR TOLMAY"...

...DA QUELLA NOTTE, MIA SIGNORA, IL TERMINE "DI FAMIGLIA" NON HA PIU' NESSUN SIGNIFICATO PER ME.
MI...
MI... MI DISPIACE MOLTO...
CHE TU POSSA TROVARE SONNI TRANQUILLI NONOSTANTE TUTTO, BASTIONE.
TAP
TAP
TAP
TAP
PLIC

BLA
TAP
BLA
TAP
TAP
BLA
BLA
Sagrado
Parador
TAP
TAP
TAP
TAP
BLA
TAP
BLA

TAP
TAP
AH
DESIDERATE ALTRO, MIA SIGNORA?
SE AVETE BISOGNO DI QUALSIASI COSA, NON ESITATE A CHIEDERE.
NO, TI RINGRAZIO.

INSISTO... PER QUALSIASI COSA.
FLIP
TAP
TAP
TAP
L'ATTIVITÀ DI FAMIGLIA A CUI VI RIFERITE È STATA DISTRUTTA DURANTE LA "SANCTI BAR TOLMAY"...
SHH
...DA QUELLA NOTTE, MIA SIGNORA, IL TERMINE "DI FAMIGLIA" NON HA PIÙ NESSUN SIGNIFICATO PER ME.
TCH

BAR TOLMAY...
C'ERO ANCH'IO LAGGIÙ...
MA DA CHE PARTE?

DALLA PARTE DEL BENE?
NO!

GRAB
MORE
GLUB
THUD
FHUP

SÌ, MIA SIGNORA?
FLIP
TAP
TAP
FIX
WOB
SH
FORSE MI LASCERÒ TENTARE DA "QUALSIASI COSA".

CAPITOLO 3:
AMANT AD MORTEM

FRRSH
HU
CLOP
CLOP
CLOP
SH
CLOP
CLOP
VHU
P

TAP
TAP
LA SANTA SEDE È IMPAZIENTE CHE LA VOSTRA AZIENDA RIPRENDA A LAVORARE, QUINDI CERCHERÒ DI ESSERE PIÙ RAPIDA ED EFFICACE POSSIBILE.
E IO DI POTER VENIRE IN VOSTRO AIUTO.
SIGNORA ARANE, MI CHIAMO MINDY, SONO LA DIRETTRICE DEL PERSONALE.
SAPPIATE CHE SIAMO ONORATI DELLA VOSTRA PRESENZA.
CHACK
COSA... COSA SUCCEDERÀ ADESSO?
PER PRIMA COSA DEVO SAPERE: CHI DI VOI È IL SOGNATORE?
SONO IO, MIA SIGNORA...

FRSHH
COME TI CHIAMI, RAGAZZO MIO?
EDWARD, MIA SIGNORA, MA TUTTI MI CHIAMANO EDDIE!
MOLTO BENE, EDDIE. VUOI CHE PROSEGUIAMO LA DISCUSSIONE IN PRIVATO?
NO, MIA SIGNORA.
QUI A LA BODEGAS CASTANO SIAMO TUTTI UN'UNICA FAMIGLIA, NON HO NIENTE DA NASCONDERE.
MPH

EDDIE, HO BISOGNO DI SAPERE: COSA TI FA CREDERE DI ESSERE PREDA DI UN INCUBO?
TUTTO È INIZIATO CIRCA QUATTRO MESI FA, POCO PRIMA DI AVERE CONOSCIUTO LA MIA FIDANZATA. MI SVEGLIAVO NEL CUORE DELLA NOTTE IN POSTI SEMPRE DIVERSI, SENZA RICORDARE COME C'ERO ARRIVATO.
TAP
TAP
DAVANTI ALLA MIA CAMERA, POI IN ALTRE STANZE, E PERFINO IN CANTINA.
GRAZIE.
FORSE È UN CASO DI SONNAMBULISMO. È DIVENTATO MOLTO RARO, MA A VOLTE PUÒ CAPITARE.
CHACK
È QUELLO CHE ABBIAMO PENSATO ANCHE NOI, MA...

TATILLION? ERA UN MEMBRO DEL PERSONALE?
NO, MIA SIGNORA...
ERA IL NOSTRO CANE...
CIRCA 3 SETTIMANE FA, MI SONO SVEGLIATO CON UNA FALCE IN MANO... COPERTO DI SANGUE!
E DAVANTI A ME C'ERA TATILLION, MORTO E SVENTRATO!
DOPO QUELLA VOLTA ABBIAMO DECISO TUTTI INSIEME DI RINCHIUDERMI NELLA CANTINA OGNI NOTTE...
...NEL TIMORE CHE POTESSI FARE DEL MALE A QUALCUNO, E SPERANDO CHE IL PROBLEMA PASSASSE...
IMMAGINO CHE COSÌ NON SIA STATO.
DI NOTTE, UNE VOCE MI MORMORA DELLE PAROLE... DEI SUSSURRI OSCURI... E SENZA SAPERE PERCHE`...
...IO LE OBBEDISCO!

MA NON È TUTTO...
DUE NOTTI FA MI...
FLIP
MI SONO STACCATO UN ORECCHIO E L'HO MANGIATO!
SLIP

VI RISPARMIERÒ I DETTAGLI, MA DI SOLITO SONO DELLE MINACCE DI POCO CONTO CHE FINISCONO PER SCOMPARIRE DA SOLE.
CREDO CHE QUESTA SIA OPERA DI UN INCUBO NOTO COME CHERUBINO.
TLACK
QUINDI COSA FARETE?
QUELLO CHE TI TORMENTA, PERÒ, DEVE ESSERE DIVENTATO PIÙ FORTE E HA PRESO GUSTO A CIBARSI DELLE TUE PAURE, RINFORZANDOSI.
PASSERÒ LA NOTTE ACCANTO A EDDIE. TENTERÒ DI PLACARE IL SUO SONNO PER FAR SCOMPARIRE L'INCUBO, MA TEMO CHE NON BASTERÀ.
FRU
SH
IN QUEL CASO LO COSTRINGERÒ A MOSTRARSI... E LO ATTACCHERÒ.
TUTTO... TUTTO QUI?
...

A VOLTE IL LEGAME CON IL SOGNATORE E` TROPPO STRETTO, TROPPO FORTE PER POTER ESTIRPARE L'INCUBO...
IN QUEL CASO BISOGNA UCCIDERE IL RICETTACOLO, VALE A DIRE IL SOGNATORE.

FLIP
PAT
TAP
TAP
TAP
FRSH

FZZT
KLUNK
SHH
TAP
TAP
TAP
FRUSH

L'UNICA LUCE QUI È QUELLA DEI BRACIERI, MIA SIGNORA.
TAP
TAP
TAP
CRACKLE
MPH
SÌ, NON C'È NESSUN SISTEMA DI LITOTECNICA IN QUESTO EDIFICIO.
È NOTEVOLE. E RARO.
"LITOTECNICA"?
AH SÌ! AL SUD VOI DITE "LITOMANZIA", VERO?
PREFERITE PARLARE DI MAGIA PIUT-TOSTO CHE DI SCIENZA.

MPH.
STUNF
SÌ. IN EFFETTI SÌ.
PAT
ADESSO STENDITI. TI FARÒ DORMIRE PER COSTRINGERE IL CHERUBINO A MOSTRARSI.
HO PAURA.
FHUP
FORSE SARÀ SGRADEVOLE, MA TI PROMETTO CHE FARÒ PRESTO.
SHUUU

TAP
TAP
TAP
SHHH
"TESSERE"!
FSHHH

TCHACK
"IN SOMNIA"!
FWOP
SHH
FIX

STRANO...
SHH
DI SOLITO I CHERUBINI SI MANIFE-STANO MOLTO PRESTO.
TLUNK

MA... TU CHE CI FAI QUI?!
VATTENE SUBITO!
STUNK
DAAN
TAP TAP
IO...
...DEVO STARE CON LUI!
GRAB

NON POSSO IMPEDIRTI DI STARE QUI, MA SIA BEN CHIARA UNA COSA: IO NON TI PROTEGGERÒ.
TI RENDI CONTO DEL PERICOLO CHE CORRI?
L'INCUBO È GIÀ ABBASTANZA PERICOLOSO IN SÉ, E EDDIE POTREBBE FARTI DEL MALE SENZA RENDERSENE CONTO!
NON ESSERNE TROPPO SICURA. IL CHERUBINO PUÒ MANIPOLARLO.
NON NE DUBITO.
ME LO SENTO NELLE OSSA, EPEIRA, COSÌ COME SENTO CHE EDWARD NON MI FARÀ MAI DEL MALE.
CRACKLE
NON È NORMALE, DOVEVA ESSERE GIÀ ARRIVATO.
FORSE È UN ALTRO TIPO DI INCUBO? UN PHANTASMA? NO, NON FERIREBBE MAI IL RICETTACOLO...
LE MIE CERTEZZE SONO BEN FONDATE.

UN INCUBUS? O FORSE...
ALZATI!
CRACKLE
PLACA LA SETE CHE CRESCE IN TE, RICORDA IL SAPORE DELLE VISCERE E DEL SANGUE!

VA'! RIEMPI QUEL VUOTO!
FWA
FLIP
GNAWLL
TSK...
GRAB

KRRRR
KRRRR
KRRR
FLIP
AMORE MIO.

SFOGATI!

HO BI-
SOGNO...
DEVO...
SÌ...
DASH

THUD
GRR

FWUP
"IN SOMNIA"!
KRACK
FLIP
ZZZ
GIOVANE, COSÌ BELLA, CON QUEI GRANDI OC-CHI NERI...
UNA MUSA, NON C'È DUBBIO!

TEMEVO IL TUO ARRIVO... C'ERO QUASI RIUSCITA!
RAFFORZI IL TUO LEGAME COSTRINGENDOLO A CEDERE AL VIZIO PERVERSO CHE HAI INOCULATO IN LUI.
PRIMA IL CANE, POI LUI STESSO, E ORA IMMAGINO CHE...
TAP
SÌ, LO SPINGERÒ A DIVORARE TUTTI, A CIBARSI DELLA LORO CARNE, E POI, QUANDO IMPAZZIRÀ...

...SI UCCIDERÀ E IO SARÒ LIBERA!

NO! LA TUA ESISTENZA FINIRÀ STANOTTE!

SEI TROP-
PO SICURA
DI TE!
FATTI
SOTTO!

"ORIZZONTE ASSOLUTO"!

KCHA

ANF
ANF

ANF
ANF
TAP
TAP
TAP
IL LORO LEGAME E' DIVENTATO TROPPO FORTE...
ANF

SE LA UCCIDO ADESSO, RINASCERÀ NEL SUO SPIRITO E CONTINUERÀ A TORNARE...
DEVO ESORCIZZARLA A TUTTI I COSTI!
GWAAH!!
FWP

LA SUA STESSA GAMBA?!
HA GIÀ UNA PRESA COSÌ FORTE SU DI LUI?!

THUD
GNH
SWA
AA
CK
AH!
GRAB
FLU

ZACK
GHAA!!
FHAA
TAP
ANF ANF
MAN MANO CHE LO INDEBOLISCE, IL SUO POTERE SI RAFFORZA... IL MIO ARRIVO L'HA COSTRETTA A MODIFICARE I SUOI PIANI. SE NON LA ELIMINO, STANOTTE...
...LI UCCIDERÀ TUTTI!

THUD
AIUTAMI, TI PREGO! NON RIESCO A FERMARMI!
EDDIE! DEVI COM-BATTERLA!
AIU-TAMI!

SI METTE MALE. SE È IN GRADO DI TRASFORMARSI, VUOL DIRE CHE L'HA QUASI PROSCIUGATO!
MORIRÀ DA UN MOMENTO ALL'ALTRO SE NON FACCIO NIENTE...

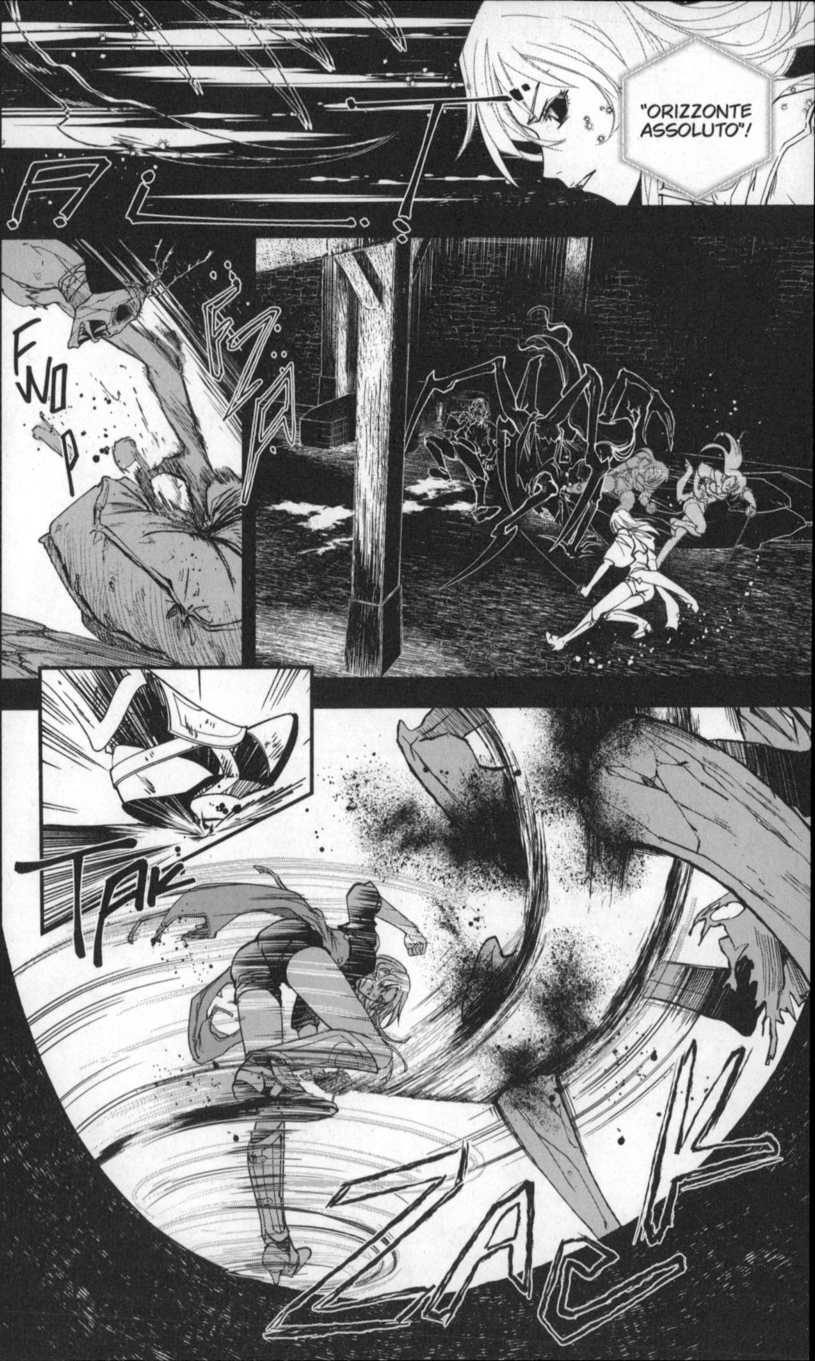
"ORIZZONTE ASSOLUTO"!
FWOP
TAK
ZACK

COSÌ NON VA: LA MIA TELA USA TROPPA ENERGIA...

ATTRAVERSARE LA DISTORSIONE TEMPORALE È TROPPO SFIAN-CANTE...
NGH
KLAT

GROO
WL
BRAM
FS
S

FSS
AH...
TU!
GRR

KLAT
GRR
GLOM
KLAT
KLAT
"CUORE-OMBRA"!

KWOOOM

LA TUA ESI-STENZA SI CONCLUDE...

...ORA!
WOOAAAR!!!

CRACK
WHUP
FWUP
WHUP

"SOMNIA IN PACE"!
POW

SHH
FRSHHH
PLIC

SHHH
SEI... "BASTIONE", VERO?
EH? SÌ...
FSS
SEI IN GRADO DI PRESTARE CURE DI PRONTO SOCCORSO?
SÌ, SIGNORA!
ALLORA VEDI DI OCCUPARTI DEL NOSTRO AMICO EDDIE...
CRACKLE
TAP
SÌ, SUBITO!

ALLORA, DA QUANTO TEMPO MI SEGUI?
TAP
CLACK
VHUP
MH...
OH, DA SUBITO DOPO LA NOSTRA CONVERSAZIONE. HO ANCHE DORMITO DAVANTI ALLA LOCANDA, A DIRE LA VERITÀ...
IL VOSTRO CAVALLO È DANNATAMENTE VELOCE...
SHHHH

CAPITOLO 4 : L'ORO E IL FUOCO

L'ASSENZA DELLA MUSA CREERÀ UN VUOTO IN LUI, È NORMALE, NON PREOCCUPATEVI.
IL SUO SPIRITO È STATO MESSO A DURA PROVA, CI VORRANNO VARIE SETTIMANE PRIMA CHE SI RIMETTA.
NON POTEVATE SAPERLO.
PAT
NON CI SIAMO ACCORTI DI NIENTE. LUI...
CONDIVIDEVA IL SUO LETTO DA MESI E NON ABBIAMO NOTATO NIENTE.
LE MUSE HANNO IL POTERE DI ASSUMERE UN ASPETTO UMANO QUANDO IL RICETTACOLO SI INDEBOLISCE, NON AVETE NESSUNA COLPA.
PENSATE SOLTANTO A FARGLI SCENDERE LA FEBBRE, E TUTTO ANDRÀ PER IL MEGLIO.
SH

MIA SIGNORA, ASPETTATE!
TAP TAP TAP
TCHLACK
FRSHHH
QUESTO GIOVANE CHE È GIUNTO IN VOSTRO AIUTO...
VORREMMO ACCORDARGLI LA NOSTRA BENEDIZIONE PRESSO L'ORDINE. POTRESTE FORSE...?

RIFERIRÒ IL VOSTRO ENCOMIO ALLA SANTA SEDE.
FAREMO UN TRATTO DI STRADA INSIEME.
DOPO-TUTTO, BASTIONE È...
...IL MIO SCUDIERO!
GRAB

VVRRR R
OUFF
ADESSO SÌ...
STARTLE
ARANE!
EHI! ARANE! SEI SVEGLIA?!
CI SIAMO, SIAMO ARRIVATI!
EH, IL COSIDDETTO "PESO DEGLI ANNI"...
HAI DORMITO PER TUTTO IL VIAGGIO!
WRRR R R

FINAL-MENTE TI RITRO-VERÒ!
WRR
...
WRR
R

WHUP
WRRR
EHI! ARRIVA MASTRO BA-STIONE, APRITE LA PORTA!
AH! MA NON È DA SOLO!
AH! M
TAP
TLAC
WHUP
FLIIX
CHI C'È CON LUI?

COSA? UNA CONQUISTA?
È... È UNA DONNA!
VRRR
KRR
HA HA HA HA HA
EHI, SENTITE UN PO'! BASTIONE SI PORTA DIETRO UNA DONZELLA, ACCOGLIAMOLA COME SI DEVE!
KRRR
ASPETTATE! È...
...È ARANE!
...È LA SIGNORA ARANE!

TAP
SIGNORA ARANE!
TAP
TAP
TAP
TAP TAP
TAP
C'È LA SIGNORA ARANE?
TAP
KRRRRR
TAP
TAP
TAP

...TUA MADRE E' TORNATA!
TUA...
CHE SUCCEDE?
ANF
PANT PANT
DAVVERO?!
COSA?!
FLIP
ZHA

TAP
TAP
DOP
SLA
ZHA
GRAB

KLUNK
FHRUP
SHH
BUONGIORNO, MADRE.
CIAO, BASTIONE!
SALVE, BELLA MIA! PERBACCO, SEI CRESCIUTA ANCORA!
NON E` VERO, ARANÉ?
FLIP
FLIP

SÌ, SEI DIVENTATA DAVVERO BELLA...
VENUS.

DA QUANTO TEMPO ASPETTAVO QUESTO MOMENTO!
AAAH!
ASPETTA, VENUS, ASCOLTA TUA...
FLIP
TI RENDI CONTO, BASTIONE? VIAGGEREMO INSIEME!
OH! SAPETE QUAL È IL PRIMO POSTO DOVE VORREI ANDARE? TERRALILA! PARE CHE LAGGIÙ...
VIVREMO GRANDI AVVENTURE, ANDREMO A CACCIA DI INCUBI TUTTI E TRE INSIEME!
VENUS, SIEDITI E...
NON SE NE PARLA NEMMENO.

TI TROVEREMO UN AMBIENTE PIU` TRANQUILLO DOVE VIVERE, LONTANA DALLE CITTA`, LONTANA DALLA GENTE.
PIC-COLA...
PERCHE`, MADRE?
PERCHE`...
TREMBLE
SPAT
PERCHE`?!
FLIP

CRASH
PERCHE` COSÌ HO DECISO, VENUS. NON COMPLICARE LE COSE.
FLIP
GUARDAMI!
SHKA
PERCHE` DEVO SEMPRE SCAPPARE?
PERCHE` NON POSSO MAI RESTARE PIU` DI QUALCHE ANNO NELLO STESSO POSTO, EH?

E TU IN-
VECE, ME
LO VUOI
DIRE?
ZZZAAA
CALMATI,
VENUS.
PAT
PLIC
EVIDEN-
TEMENTE
NO...
SHH
FYYUP
NON FARE
SCENATE, PER FA-
VORE. VA' A PREPA-
RARE LE TUE COSE,
PARTIAMO DOMANI
ALL'ALBA.
E PERCHE` NON
ADESSO? NON HAI
PAURA CHE DA QUI
A DOMANI QUALCHE
INCUBO BRUTTO
E CATTIVO POSSA
ASSALIRMI?

ADESSO BASTA!
SBAM
SLAM
TSK...
FLIP
NON CREDI CHE SIA ORA DI DIRGLIE-LO?
FHRup

ARANE, PRIMA O POI LO VERRÀ A SAPERE.
FLIP
COME POTREI... NO! MAI!
SEI IMPAZZITO?
SHA
...
CRUNCH
TAP
TAP
BEH, MEGLIO POI CHE PRIMA. NON NE VOGLIO PIÙ PARLARE, CHIARO?!
TAP
SHHHH

TAP
TAP
THUP
COME POTREI...?

SHI I NE
SHI I NE
SONO GIÀ PASSATI DUE ANNI! QUANTI RICORDI, EH, ARANE?
FLIP
GIÀ, UN DOLORE TREMENDO ALLA SPALLA E IL RIMPIANTO DI NON AVERE PROSEGUITO DA SOLA.
ESPLANADE DI ESPEJO, DUCATO DI TERRALILA.
DOOON
SEI DAVVERO UNA GUASTAFESTE...
MPH
BLA
BLA
BLA
BLA
BLA

GRAB
BISOGNA CONTROBILANCIARE UN PO' IL TUO ENTUSIASMO, ALTRIMENTI...
TAP
FLIP
NON FARMI DEL MALE, SONO IO CHE VI HO CONTATTATI!
E TU CHI SEI?
SHA
E VA BENE...

UNA LETTERA ANONIMA MI DICE DI INCONTRARE QUALCUNO ALL'ESPLANADE, SENZA SPIEGARMI IL PERCHÈ, MENTRE SONO DI PASSAGGIO IN CITTÀ... INDUBBIAMENTE HAI UN BEL CORAGGIO.
PURTROPPO I MISTERI NON MI PIACCIONO, QUINDI È MEGLIO CHE TI SPIEGHI.
PERDONATEMI PER QUESTI ACCORGIMENTI, SIGNORA ARANE.
PERCHÈ?
SONO PRONTO A SPIEGARVI TUTTO, MA PREFERIREI FARLO IN UN AMBIENTE PIÙ TRANQUILLO.
VUOI EVITARE CHE LA GENTE SAPPIA CHE UN MEMBRO DELLA CORTE DUCALE SI SIA RIVOLTO A UN'EPEIRA?
CO... COME FATE A SAPERE CHE...
GLOM

LA FILIGRANA DI QUESTA CARTA È DI ALTA QUALITÀ, E LO STESSO VALE PER L'INCHIOSTRO UTILIZZATO. TUTTI E DUE MOLTO COSTOSI. HO CAPITO SUBITO CHE NON AVREI AVUTO A CHE FARE CON UN POPOLANO.
FLIP
E POI, IL TERRICCIO ROSSO SULLE TUE SCARPE, AMICO MIO...
WHUP
WHUP
...PUÒ ESSERE SOLO QUELLO CHE DELIMITA I SENTIERI DEI GIARDINI DI PALAZZO.
IN QUESTO CASO, UN MOTIVO IN PIÙ PER NON DISCUTERNE QUI!
NON ANDRÒ DA NESSUNA PARTE PRIMA DI SAPERE CHI SEI E COSA VUOI. E PER ESSERE PERFETTAMENTE CHIARA, SE HAI BISOGNO DEI SERVIZI DELL'ORDINE...
...TI CONSIGLIO DI CONTATTARE DIRETTAMENTE UN CARDINALE.
ABBIAMO UN PROBLEMA CON UN INCUBO, MIA SIGNORA.
DAN

SI TRATTA DELLA DUCHESSA JANUARY: PENSA DI ESSERE VITTIMA DI UN INCUBO!
SHHH

MI CHIAMO CHEVREUL, SONO IL GRAN CIAMBELLANO DI SUA ALTEZZA, E' LEI CHE MI MANDA!
WHUP
MOLTO BENE, CIAMBELLANO, VOGLIO SAPERE TUTTO.

Capitolo 5 : In utero

IL PALAZZO DUCALE.

TAP
TAP
MI SCUSO PER DOVER PASSARE IN UN POSTO DEL GENERE, MA SUA ALTEZZA CI TIENE ALLA DISCREZIONE.
TAP
CAPISCO BENISSIMO.
PSST, ARANE! TI IMMAGINI QUANTI SOLDI INCASSEREMO SE AIUTIAMO UN'ARISTO-CRATICA?
NON ESALTARTI TROPPO! NON SA-REBBE LA PRIMA VOLTA CHE UN NOBILE SI CREDE VITTIMA DI UN MOSTRO DEI SOGNI AL PRIMO ACCENNO DI ANSIA.
MPH
TAP
FRUP

KNOCK
KNOCK
KNOCK
KNOCK
KNOCK
KNOCK
KNOCK
KNOCK
SEI TU, CHEVREUL? AVANTI, EN-TRATE!
TLACK
HAP
TAP

SIGNORA ARANE, VI DO IL BENVENUTO.
E TU DEVI ESSERE BASTIONE, GIUSTO?

VOSTRA AL-
TEZZA, SIAMO
ONORATI.
FLIP
POF
MMH
VI PREGO,
FACCIAMO A
MENO DELLE
FORMALITÀ
TRA DI NOI.

VI CHIEDO SCUSA PER TUTTO QUESTO, MA IL NOSTRO INCONTRO DOVRÀ RESTARE SEGRETO PER OVVIE RAGIONI.
CHEVREUL VI HA SPIEGATO IL MOTIVO DELLA VOSTRA PRESENZA?
COMPRENDIAMO PERFETTAMENTE, MAESTÀ.
SÌ, MAESTÀ. TUTTAVIA, PREFERIREI CHE ME NE PARLASTE VOI STESSA.
FLIP
THUP
IO...

TEMO CHE IL MIO BAMBINO CORRA UN GRAVE PERICOLO...
SO CHE PUÒ SEMBRARE ASSURDO, MA LO SO, ME LO SENTO NELLA CARNE...

IN OCCASIONE DELLA CONSEGNA ANNUALE DEI VINI, IL PERSONALE DELLA BODEGAS CASTANO NON HA MANCATO DI ELOGIARE VOI E IL VOSTRO COMPAGNO DI VIAGGIO...
FLIP
E COSÌ HO PENSATO CHE IL PARERE DI UN'ESPERTA MI SAREBBE STATO UTILE.
E ANCHE SE AVEVO GIÀ PENSATO DI MANDARVI A CHIAMARE, LA PROVVIDENZA MI HA CONFERMATO CHE LA MIA SCELTA ERA GIUSTA.
E HO SAPUTO CHE IN PASSATO AVETE VISSUTO LA STESSA ESPERIENZA, VOI E VOSTRO FIGLIO.

COME...? COME FATE A SAPER-LO?
VI RIVELERÒ QUESTA INFORMAZIO-NE SOLO SE ACCETTERETE DI AIUTARMI.

GRAB
THUD
GRAB
ZACK
THMP

DANNAZIONE, ARANE! MA CHE FAI?!
SIETE IMPAZZITA?!

COME FATE A SAPERLO?!

SALVATE IL MIO BAMBINO E VE LO DIRÒ.
RATTLE
RATTLE
FLIP
CLUNK

AVETE UNA PALLIDA IDEA DELLA GRAVITÀ DEL VOSTRO ATTO?!
ZAN
UN TENTATIVO DI OMICIDIO DI UN MEMBRO DELLA FAMIGLIA DUCALE: MERITERESTE DI ESSERE SQUARTATA SULLA PUBBLICA PIAZZA!
ORA BASTA, CHEVREUL!
SIGNORA ARANE, HO BISOGNO DI UNA EPEIRA, E NON POSSO FIDARMI DI ALTRI CHE DI VOI, CONSIDERATO CHE...
NO.

FLIP
WHUP
QUESTA NON È AFFATTO UNA QUESTIONE DI FIDUCIA.
È SOLTANTO UNA QUESTIONE D'AFFARI, PURA E SEMPLICE. MA VI AIUTERÒ, PERCHÈ VOGLIO CHE RI-SPONDIATE ALLA MIA DOMANDA, DUCHESSA.
IL VOSTRO CIAMBELLANO CI HA DETTO CHE SIETE VITTIMA DI UN INCUBO DA QUALCHE SET-TIMANA, È ESATTO?

SÌ, LE PRIME VOLTE ERANO SOLTANTO DEI FRAMMENTI, IMMAGINI SENZA SENSO.
MA ORA SONO DIVENTATE DELLE VERE E PROPRIE SCENE DELL'ORRORE.
TENGO IN BRACCIO IL MIO BEBÈ, CHE SPLENDE E MI AVVOLGE IN UNA LUCE CALDA E RASSICURANTE.
MA QUELLA LUCE SI FA PIÙ FORTE, DIVENTA COSÌ INTENSA DA FARLO SOFFRIRE. LO SENTO PIANGERE E LO STRINGO A ME PER FARLO SMETTERE, MA...

ALL'IMPROVVISO LE GRIDA SI INTER-ROMPONO E IL MIO BAMBINO SCOMPA-RE IN UN LAMPO DI LUCE. MI RESTANO SOLO IL VUOTO E IL DOLORE.
PLIC
E FATE QUESTO SOGNO TUTTE LE NOTTI?
SÌ... HO TENTATO DI EVITARE DI DORMIRE, MA DEVO FARLO PER IL BENE DEL BAM-BINO.
POTREBBE ESSERE OPERA DI UN INCUBUS, QUESTO SPIEGHE-REBBE IL FATTO CHE VOGLIA IL BAMBINO.
NO, UN INCUBUS NON AVREBBE UN POTE-RE DEL GENERE SULLA MENTE DELLA SUA VITTI-MA. E NON CERCHEREBBE DI SUSCITARE PAURA, BENSÌ DESIDERIO.

COME VI HO GIÀ DETTO, UN PROFONDO SENSO DI VUOTO, UNA SOFFERENZA CHE NON AVEVO MAI PROVATO PRIMA.
SCUSATE SE VE LO CHIEDO, ALTEZZA, MA COSA PROVATE DURANTE L'INCUBO?
GRIP
NO, CREDO DI NO... BEH...
MA QUESTA LUCE INCANDESCENTE EMANATA DAL VOSTRO BAMBINO, HA QUALCHE EFFETTO SU DI VOI NEL CORSO DELL'INCUBO?
QUALCOSA DI VISCERALE, CHE NON AVETE MAI PROVATO COSÌ FORTE?
IN TUTTA ONESTÀ, AMMETTO DI SENTIRE QUALCOSA, MA È QUALCOSA DI DIFFICILE DA SPIEGARE.
NON CAPISCO... DOVE VUOI ARRIVARE, ARANE?

NONOSTANTE LA SCENA TERRIFICANTE DAVANTI AI MIEI OCCHI... IO PROVO...
SÌ?
...AMORE.

PENSI FORSE A...
UN VENERIS.
E' UN PO' AFFRETTATA, COME CON-CLUSIONE.
UN VENE-RIS, MIA SIGNORA?
NO, E' UN VENERIS, NE SONO SICURA.

È UN'ENTITÀ ONIRICA TANTO POTENTE QUANTO RARA.
A DIFFERENZA DEGLI ALTRI INCUBI, UN VENERIS È GENERATO DA UN'EMOZIONE POSITIVA CHE TRASCENDE IL SOGNATORE, E L'INCUBO AGISCE PER LA PAURA DI PERDERE PROPRIO QUELL'EMOZIONE.
NEL CASO DI SUA ALTEZZA, È L'AMORE CHE PROVA NEI CONFRONTI DEL NEONATO.
FHUP
E COME CE NE SBARAZZIAMO? GLI EPEIRE PRATICANO DEI RITUALI A QUESTO SCOPO, NO?
PER LA VERITÀ...
DASH

NON FUNZIONANO SU QUESTO TIPO DI INCUBI.
DOVETE CAPIRE CHE IL VENERIS È UNA CREATURA COMPLESSA, NON SPARIRÀ COL TEMPO, NÉ GRAZIE A UN INCANTESIMO, NEMMENO USANDO UNO DEI PIÙ POTENTI.
FARÀ CRESCERE IN VOI UNA PAURA PROFONDA E VISCERALE, QUELLA DI PERDERE CIÒ A CUI TENETE DI PIÙ...
COUGH
ALTEZZA...

WHUP
POI, QUANDO IL VENERIS HA INDEBOLITO IL SUO RICETTACOLO A SUFFICIENZA, LO SPINGE ALLA FOLLIA, E NELLA MAGGIOR PARTE DEI CASI, AL SUI-CIDIO.
GRIP
NON MI INTERESSA COSA NE SARÀ DI ME!
DASH
MAESTÀ!

ARANE...
TAP
TAP
FLIP
JANUARY, SALVERÒ VOSTRO FIGLIO.
AVETE LA MIA PARO-LA.

CLACK
AVENDO ACCETTATO LA MISSIONE, ALLOGGERETE QUI A PALAZ-ZO...
USEREMO IL PRETESTO DI UNA CENA UFFICIALE, UNA RIUNIONE CON L'OR-DINE, MA I DETTAGLI DI QUESTA VICENDA DOVRANNO RESTARE STRETTAMENTE TRA NOI QUATTRO.
GRAB
CREDO CHE TUTTO QUESTO SIA CHIA-RO.

MAESTÀ, È UN MASCHIETTO O UNA FEMMINUCCIA?
UNA FEMMINA.
AVETE GIÀ SCELTO UN NOME?
SÌ, SI CHIAMERÀ...

SÌ, MADRE?
TAP
TAP
AH!
VENUS...
PINCH
FRUSH
PERDONAMI PER...
DIMEN-TICHIAMOCE-NE E BASTA.
NO, E' COL-PA MIA, MI DISPIACE...

SHHH
MADRE, DOBBIAMO PARTIRE A CAUSA DEI RECENTI MOVIMENTI DEI PALADINI, VERO?
FRUSH
TAP
TAP
COME FAI A SAPERLO?
SH
L'ORDINE HA INTENSIFICATO LA CACCIA AGLI INCUBI IN TUTTA LA REGIONE...
I MERCANTI AMBULANTI NON PARLANO D'ALTRO.
HH

MADRE, SE TI FACCIO UNA DOMANDA CHE MI TORMENTA, MI RISPONDERAI?
SE POSSO, SÌ, CERTO.
SHA
PROMETTIMELO.
GRIP
HAI LA MIA PAROLA.

DOBBIAMO FUGGIRE PERCHÈ TEMI CHE MI TROVINO...
IO SONO UN INCUBO, NON È VERO?
FRSHHH

SÌ.
KRR

KRR

KRA
VI HO GIÀ DETTO TUTTO, VI SUPPLICO...
QUELLA RAGAZZA CHE DICONO DI NASCONDERE... SEI SICURO CHE NON ABBIANO DETTO NIENTE SUL COLORE DEI SUOI CAPELLI?
LO GIURO!
HANNO DETTO SOLO CHE NON DOVEVA ESSERE TROVATA DAGLI UOMINI DELL'ORDINE E CHE PARTIVANO PER HEOSIAS!
PAT
PIETÀ!

SPLAT
ZÄCK
TU.
ZLAA
TORNA DAL CARDINALE E AVVERTILO CHE PARTIAMO PER HEOSIAS. SPRONA IL CAVALLO AL MASSIMO.

FRSHHH
SHHH
FINALMENTE L'ABBIAMO RITROVATA, PER LA VOSTRA GLORIA, CARDINALE LEMEGETON!
DAAAN

Ordo-Sancti

È nel suo grembo che agiscono i ferventi difensori dell' *Equilibrio*, guidati da *Sua Maestà* al fine di combattere il caos che sono diventati gli incubi. Quella che sembrava una guerra senza fine soltanto pochi decenni fa è ora divenuta una speranza, una luce salvifica in fondo a un cammino tortuoso.

L' *Ordine*, guidato dalla mano prodigiosa del *Decano* e dai cardinali suoi servitori, è per tutti noi il bastione che argina il Caos e le sue progenie oscure.

Dichiarategli una fede eterna e senza riserve.
E lui vi guiderà tra le ombre fino al sonno dei giusti.

Somnia in Pace.

Estratto da "Preceptum Scholae VI" di Giusto dell'Iscariota

TÈLA

La *Tela* è una capacità particolare di ogni ricettacolo. La maggior parte delle volte nasce dall'idea che ha generato l'incubo in primo luogo.

Ogni tela possiede delle regole, delle contropartite a loro volta definite dal suo detentore.

Apparentemente, più il potere è complesso, più le sue costrizioni sono esigenti.

Il suddetto termine è stato scelto proprio per sintetizzarne il potere: è simile a una tela di cui scegliamo i materiali, gli strumenti, la sostanza e i colori. Esprime un'intenzione, un obiettivo ambito dal suo possessore, che può essere estremamente semplice, o al contrario, profondamente complesso.
È importante sottolineare che non tutti gli incubi non sono in grado di sviluppare una tela per natura, e che di fatto lo stesso vale anche per i loro ricettacoli.

Per esempio: le *Muse* o i *Cherubini* ne sono semplicemente privi.
I *Klappern*, i *Phantasma* o gli *Incubus* ne sviluppano uno soltanto dopo il *"Cor Liberum"*, alla morte del sognatore o in caso di *"pacte Concentio"*.

Infine, i *Veneris* o i *Bellicus* nascono con una tela che si sviluppa parallelamente ai loro ricettacoli.

"Somnia in pace e sogni mantici" di Hugeia Epia
Introduzione alle arti mantiche Capitolo I

Klappern

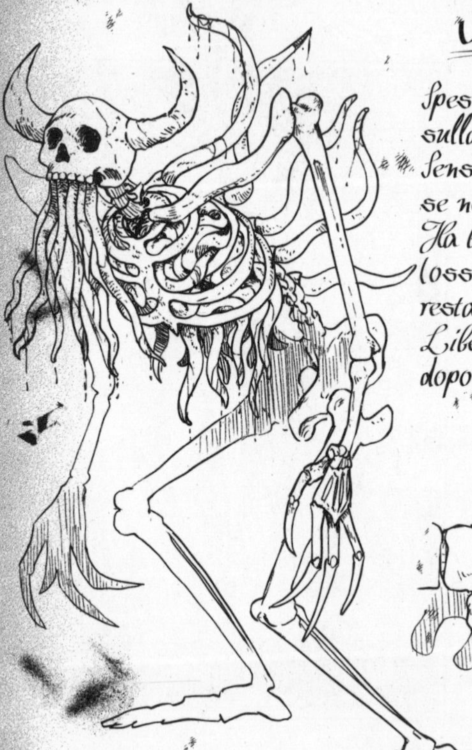

Spesso generato dai sogni
sulla morte e sulle eredità.
Sensibile alla luce del giorno,
se ne tiene lontano.
Ha bisogno di un'ancora
(ossa, tombe, ceneri...) per
restare in vita.
Liberato da questa costrizione
dopo il "Cor Liberum".

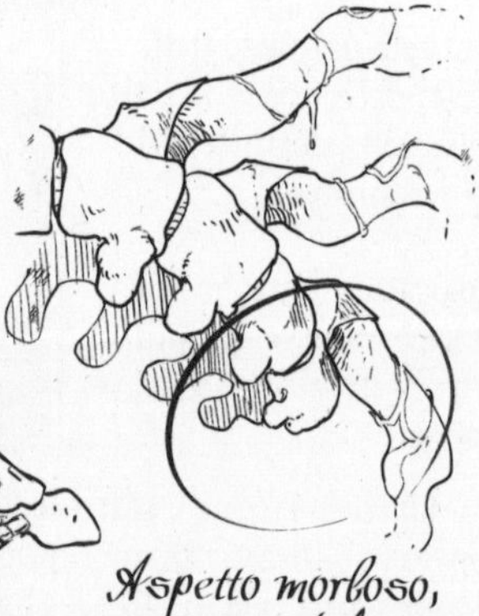

Aspetto morboso,
spesso scheletrico.

Solitamente dotato di
artigli o di zanne.

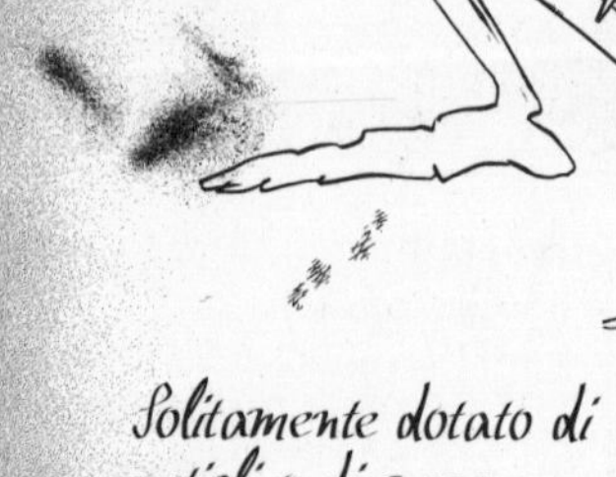

Consiglio di Arane:
Difficile da combattere
direttamente, meglio
distruggere l'ancora, che
farà sparire l'incubo.

Phantasma

Nasce da un'ambizione profonda (stando all'enciclopedia di Hugeia Epia), più perfida e malsana di quella di un Bellicus.

Correzione: aveva bevuto quando me l'ha raccontato.

Apparenza immateriale spesso gassosa o liquida.
~~Arane disse di averne combattuto uno che, secondo lei,~~ era "fangoso"??

È costituito da un nucleo (tangibile) che va necessariamente distrutto per potersene sbarazzare.

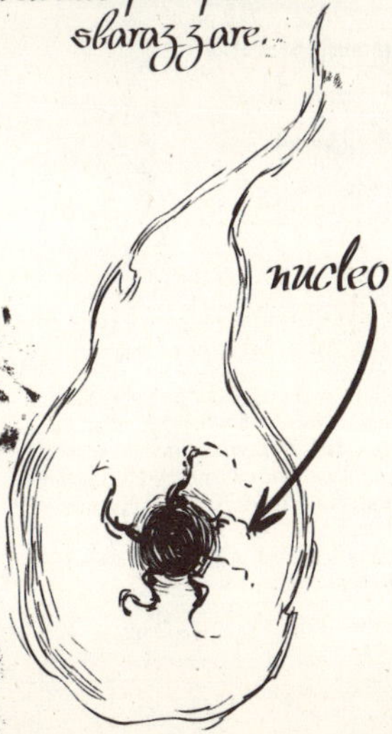

Per porre rimedio alla sua debolezza fisica, il Phantasma si fonde con un golem di sua fabbricazione, o a volte anche con un oggetto.

È privo di raziocinio e si accontenta di fomentare l'ambizione iniziale del sognatore.

Una volta che il "Cor Liberum" viene prodotto, e malgrado la morte del ricettacolo, il Phantasma continua a vivere esclusivamente per la stessa ambizione che l'ha generato.

Può essere molto pericoloso in quanto, una volta libero, è in grado di migrare per impossessarsi di un altro ospite.

Traduzione: **Fiorenzo Delle Rupi (Arancia Studio)**

Assistente agli sfondi: **Alice Passeri (Arancia Studio)**

Lettering & proofreading: **Grafiche Bovini**

Supervisione edizione italiana: **Davide G.G. Caci**

Oneira 1

Edizioni Star Comics • Direttore Generale: **Giovanni Bovini** • Amministratore Delegato: **Simone Bovini** • Direttore Editoriale e Responsabile: **Claudia Bovini** • Responsabile Mercato: **Gian Luca Landone** • Publishing Manager: **Cristian Posocco** (Star), **Davide G.G. Caci** (Astra) • Responsabile PR e Comunicazione: **Daniel De Filippis** • Responsabile Ufficio Grafico: **Federico Marchionni** Redazione: **Cristian Posocco, Luca Loletti, Mari Nakagawa, Chiara Pancrazi, Claudia Calzuola, Deborah Cioccoloni, Federico Arata** • Visual Designer Strategist: **Fabrizio Verrocchi** Ufficio Commerciale: **Gianni Landi, Elia Munaò** • Amministrazione: **Maria Grazia Acacia, Luigi Codispoti, Emanuele Felicetti, Valentina Bastianelli**

Finito di stampare nel mese di ottobre 2023 presso **Aquattro Servizi Grafici** - Chivasso (TO)